ANGE

& DÉMON,

COMÉDIE-VAUDEVILLE

EN UN ACTE,

PAR

Mme Lodoïse GILLIS.

1865.

ANGE ET DÉMON

COMÉDIE-VAUDEVILLE

EN UN ACTE,

par

Ledoïse GILLIS.

Ⓒ

PERSONNAGES :

M. DE LANCY, *Père noble*.
EDMOND DE LANCY, *Premier amoureux*.
BAPTISTE, *Deuxième comique*.
EVA, *Nièce de M.* DE LANCY.
CLAIRE, *Demoiselle de Compagnie d'*EVA.
LISE, *Soubrette*.

———

ANGE ET DÉMON

COMÉDIE - VAUDEVILLE

EN UN ACTE.

La scène se passe au Croisic, au château de Lancy, au bord
de la mer.

—

MISE EN SCÈNE :

Un salon, portraits de famille, une cheminée avec pendule et cande-
labres, une table à ouvrage, chaises et fauteuils, un canapé, deux
portes latérales.

SCÈNE Iʳᵉ

EDMOND ET EVA.

(EVA est assise auprès de la table à droite, elle tient sa tête
sur sa main.)

EDMOND,

A gauche, assis d'un air maussade dans un fauteuil.

(Après un moment de silence.) Ma chère cousine, vous
m'embarrassez réellement, et vous me forcez, par
vos demandes, à ne savoir que vous répondre. Vous
dites que je ne suis plus le même ; vous me trouvez
triste pour ne pas dire maussade. (Après une pause.)
Pourtant, je ne crois pas avoir mérité vos récrimi-
nations.

EVA (avec tristesse).

Vous êtes méchant, Edmond; je dirai plus, vous êtes injuste. Si je me suis permise de vouloir pénétrer au fond de votre cœur, ce n'est pas moi qui suis coupable, c'est l'attachement réel que j'ai pour vous: je voudrais tant que vous fussiez heureux!

EDMOND.

Tout cela n'est que de l'enfantillage, et vous vous tourmentez mal-à-propos. Qui vous dit que je ne suis pas heureux, et dois-je désirer une plus grande félicité que de vivre avec ceux que j'aime?

EVA.

Je vous crois, Edmond, parce que j'ai besoin de vous croire; oubliez ce que je vous ai dit, et que la ride soucieuse, qui creuse votre front, s'évanouisse devant le bonheur qui nous environne.

EDMOND (affectant d'être gai).

Je suivrai vos conseils, ma douce Eva, et, pour mieux m'enivrer de notre doux bonheur, je vais profiter de ce beau soleil pour accomplir une promenade agreste. Au revoir, Eva; à bientôt.

(Il sort, à gauche).

EVA seule.

Il part!... Autrefois il m'aurait priée de l'accompagner. Quel plaisir peut-il trouver à errer solitaire sur les galets ardus que la mer vient battre. (Elle se lève.) Je ne sais pourquoi, mon cœur se serre; j'ai peur... (Regardant autour d'elle.) Oui, j'ai peur qu'Edmond ne m'aime plus... Si cela était!... Oh! j'en mourrais. (Elle sort, à droite.)

SCÈNE 2me.

BAPTISTE et LISE.

BAPTISTE entre, un plumeau à la main ; il époussète les meubles.— Il chante :

Un bouquet de pimprenelles, et lon lon la, lon la,
Qui sera pour la plus belle, lon lon la, lon la,
La plus belle que voilà, lon lon la...

(A Lise, qui entre) Tiens, vous v'là, ma petite Lisette.

LISE.

En v'là un homme gai, toujours y chante. Ben vrai, que vous avez manqué votre vocation.

(Elle s'approche sur le devant de la scène.)

BAPTISTE, se plaçant à son côté, son plumeau sous le bras.

Et pourquoi donc que j'avions manqué ma vocation ?

LISE, riant.

Vous auriez dû naître coq ; vous eussiez fait le charme d'une basse-cour.

BAPTISTE.

Eh ben! avec ça que ça me serait bien égal, si vous étiez ma petite poulette. Je m'ennuierions pas autant que je le fais, à attendre, chaque jour, que vous vouliez ben faire une fin.

LISE, riant.

Une fin! Ah ben merci... Avant de faire une fin, je voulions faire au moins un commencement.

BAPTISTE, s'approchant pour l'embrasser.

Dam, je ne demandions pas mieux, mais tout de même, je ne pouvions pas commencer tout seul.

LISE, le repoussant.

N'approchez pas ou je tape. (Baptiste, en se reculant, laisse tomber une lettre. — Lise, ramassant la lettre.) Une lettre!... Et d'ous qu'elle vient, cette lettre? Ah ben en v'là une de bonne; et moi qui crois un être pareil.

BAPTISTE, cherchant à lui prendre la lettre.

Allons, voyons, pas de bêtise, ou je me fâche. Ça n'est pas pour moi, c'est une commission dont je suis chargé pour notre maître, monsieur Edmond.

LISE, la lui rendant.

C'est-y vrai, au moins; dam, si vous mentiez, je la garderions.

BAPTISTE.

Je m'en vas vous dire d'ous qu'elle vient, mais faut me jurer auparavant que vous garderez le secret.

LISE, levant la main.

Je le jure.

BAPTISTE, à demi-voix.

Eh ben! v'là la chose : c'est mam'selle Claire qui me l'a donnée pour la remettre à notre jeune maître, en me recommandant le secret; je dois le garder, dam, puisque j'étions payé.

LISE.

Mam'selle Claire qui écrit à monsieur Edmond, tout comme si elle ne pouvait pas lui parler; y a du louche là-dessous; je parierais qu'il y a quelque amour sous jeu.

BAPTISTE, pensif.

Ça pourrait ben être, tout de même; cette Claire,

avecque son air Sainte-Nitouche, m'a une mine en dessous; je ne dis que çà, et si monsieur Edmond venait à aimer une créature pareille, je le plaindrais. (On entend un roulement.) Tiens, une voiture... C'est monsieur de Lancy qui arrive. (Lise sort en courant.— Baptiste seul.) J'allions mettre cette lettre sur la cheminée, là, sous la pendule; (Il pose la lettre.) comme ça, je ne risquerions plus de la perdre. (Il sort en chantant, le plumeau sous le bras.—Eva entre par la gauche au moment où Baptiste sort par la doite.)

SCÈNE 3me·

EVA seule, puis M. DE LANCY père.

EVA, pensive.

(Elle va s'asseoir sur un fauteuil, à gauche.— Moment de silence.) Je ne sais ce qui se passe; tous ceux qui m'environnent ont un air étrange; ils prennent lors-qu'ils me voient une mine que je ne puis définir. Claire s'enferme dans sa chambre, et c'est à peine si je l'aperçois; Edmond me fuit, je ne puis en dou-ter : ce matin encore, au lieu de rester auprès de moi comme au premier temps de son arrivée, pour me parler de l'avenir et de notre amour, il me laisse des journées entières, et puis, lorsque le soir je me trouve sur son passage, c'est à peine si sa bouche murmure quelques banales politesses. Il ne voit pas que je souffre de son indifférence; mes yeux rougis par les pleurs devraient assez le lui dire! (Elle se lève et s'approche de la cheminée.) Mon oncle est le seul qui n'a pas changé à mon égard. Il est si bon! Ah! si

Edmond lui ressemblait, je serais trop heureuse.
(Apercevant la lettre sur la cheminée.) Une lettre !...
(Elle la prend et regarde l'adresse.) Mais c'est à Edmond
qu'elle est adressée, cette lettre ! (S'appuyant à la cheminée, elle semble chancelante.) Je ne me trompe pas,
c'est bien là l'écriture de Claire. Oh! mes soupçons
ne me trompent pas : ils s'aiment ! (Elle va sur le devant
de la scène, regardant la lettre.) Si je l'ouvrais?... C'est
mal, c'est un crime, mais n'importe ! (Avec vivacité.)
Au moins je saurai la vérité. (Elle décachète la lettre.
—Lisant.) « Monsieur Edmond, votre amour vous
» rend détestable; vous tombez dans la monomanie.
» J'ai beau vous répéter depuis plus d'un mois, que
» je ne vous aime pas, vous n'en persistez pas moins
» à m'agacer par vos déclarations. » (Elle parle.) Mon
Dieu, elle ne l'aime pas, mais lui!... il l'aime!...
(Elle va s'asseoir en chancelant auprès de la table, et cache
sa tête dans ses mains.— M. de Lancy s'approche d'elle sans
qu'elle se soit aperçue de sa présence.)

SCÈNE 4me.
EVA et M. DE LANCY.

M. DE LANCY.

Eva, mon enfant, est-ce que tu serais malade?...

EVA (comme au sortir d'un rêve).

Moi, non! (Se reprenant) Je veux dire, au contraire, que je souffre. J'ai un mal de tête atroce.

M. DE LANCY (avec tendresse).

Tu souffres, Eva, et tu ne te plains pas, ma pauvre
enfant. Je vais t'envoyer Claire, et donner des or-

dres pour qu'on t'apporte au plus vîte les soins dont tu as besoin. (Il va comme pour sortir.)

EVA, l'arrêtant par le bras (vivement).

N'en faites rien, mon oncle, je ne souffre plus tant; je me sens déjà mieux. Je vais me retirer dans ma chambre; deux heures de sommeil me guériront complètement. (Elle se lève, mais, avant de sortir, elle se jette au cou de son oncle, qui lui tend les bras.) Au revoir, mon oncle, au revoir. (Elle sort par la gauche).

M. DE LANCY seul.

Pauvre enfant, toujours bonne et aimante; ce n'est pas à la tête qu'elle souffre, c'est au cœur. Edmond ne l'aime pas; je l'ai deviné aussitôt qu'elle, peut-être plus tôt. Si Eva n'est pas aimée, elle en mourra. (Il s'essuie les yeux.) Tout n'est peut-être pas perdu... (En sortant.) Il faut hâter le mariage, je verrai bien s'il refuse. (Il sort.)

SCÈNE 5me.

EDMOND seul, puis BAPTISTE.

EDMOND (Il marche à grands pas dans le salon).

Je suis fou; c'est en vain que tout aujourd'hui je rôde, comme un damné, sous la fenêtre de Claire, pour l'apercevoir; c'est inutile. La fenêtre reste fermée; les rideaux restent clos. J'ai fredonné pour qu'elle sût que j'étais là, mais elle n'a pas voulu entendre. Il faut pourtant que je lui parle aujourd'hui, car elle part ce soir pour Nantes, où elle doit rester quelques jours. Oh! je la suivrai; est-ce que maintenant je puis vivre sans elle!...

BAPTISTE, entr'ouvrant la porte.

Monsieur!

EDMOND, tournant la tête avec brusquerie.

Que me veux-tu?

BAPTISTE, en approchant.

C'est que j'avions été chargé d'une commission pour vous, et j'étions venu exprès pour cela.

EDMOND (vivement).

Dis vîte?

BAPTISTE.

Dam, Monsieur, c'est une lettre que j'avais à vous remettre de la part de mam'selle Claire.

EDMOND, tendant la main.

Donne donc vîte.

BAPTISTE, se dirigeant vers la cheminée.

Oh! c'est que je suis de précaution, dam; je l'avions laissé sur la cheminée de peur de la perdre. (Cherchant la lettre.) Comment! Ous qu'elle est donc? Je l'avais posée là. (Montrant le dessous de la pendule, il regarde Edmond d'un air stupéfait.)

EDMOND (avec emportement).

Mais, cherche donc, maraud!... (Il s'approche et cherche avec Baptiste) Es-tu sûr, au moins, de l'avoir mise là?

BAPTISTE, levant les mains.

Sainte Vierge! Ah ben oui, que j'en suis sûr. (Bêtement.) A preuve, que Lise était avec moi, et que je lui ai montré la lettre.

EDMOND (avec emportement).

Comment, tu as osé... Sors de devant mes yeux; je te chasse.

BAPTISTE , pleurnichant.

(Il va pour sortir.) Je m'en vas, Monsieur, je m'en vas. Tout de même ça m'est bien dur ! Hi ! hi !

EDMOND, le rappelant.

Baptiste ?

BAPTISTE , revenant sur ses pas.

Monsieur !

EDMOND.

As-tu vu quelqu'un entrer aujourd'hui dans le salon ?

BAPTISTE (bêtement).

Oui, Monsieur ; moi j'y étions entré.

EDMOND.

Imbécile, ce n'est pas ce que je te demande !... Je te demande si quelqu'un est entré après toi ?

BAPTISTE.

Oui, Monsieur ; Lise.

EDMOND , lui prenant le bras rudement.

Ce n'est pas de Lise que je te parle...

BAPTISTE.

Ah ! Je croyons bien que mam'selle Eva était venue. Je l'avions aperçue qui venait de ce côté.

EDMOND.

(A part.) C'est elle qui a trouvé la lettre. (A Baptiste.) Sors, je n'ai plus besoin de toi.

BAPTISTE.

Ça suffit, Monsieur ; je m'en vas. (Il sort).

EDMOND (Il se promène à grands pas).

Eh bien ! tant mieux qu'elle l'ait trouvée.... Je n'aurai plus besoin de feindre. Tôt ou tard elle

aurait fini par le savoir; c'est maintenant qu'il faut
que je voie Claire. (Il sort par la gauche.)

SCÈNE 6ᵐᵉ

CLAIRE *seule, puis* EDMOND.

(Claire entre par la droite, au même moment qu'Edmond
sort par la gauche.)

CLAIRE, un bouquet à la main.

Tiens, je croyais qu'Edmond était ici; il me sem-
blait l'avoir vu entrer. (Avec un sourire sardonique.)
Il faut bien que je lui fasse mes adieux. Dieu merci,
ce sera pour la dernière fois, et ce ne sera pas trop
tôt. Le pauvre garçon m'a crue sur parole, lorsque je
lui ai dit que j'allais à Nantes, passer quelques jours
auprès d'une vieille parente éloignée, (Avec ironie.)
une parente à moi,... quand je suis seule abandon-
née à la merci des étrangers, quand je me souviens à
peine de ma mère, que je n'ai presque pas connue.
Mais mes souffrances et mes humiliations sont bien
près de finir. A moi, aussi, le bonheur; à moi la
richesse et les plaisirs qu'elle procure; je vais ren-
trer dans la sphère d'où la fatalité m'avait bannie.
A mon tour, riche et adorée, je verrai se courber
devant moi ceux qui m'auront méprisée jadis; je les
écraserai sous mes dédains, et je ferai pâlir de ja-
lousie les fières ladies, qui sont les reines de la cité
de Londres.

(Elle va s'asseoir nonchalamment sur le canapé.)

Et Edmond, qui m'offre son amour et la solitude
claustrale d'un vieux château Il ne se doute pas que

j'y mourrais lentement, avec son amour et ses rêves idéals; car ce qu'il me faut à moi, c'est le monde avec ses plaisirs enivrants et ses folles joies.

(Edmond entre et, apercevant Claire, il pâlit et semble chanceler.)

CLAIRE, souriant coquettement.

On dirait que je vous fais peur; si ma présence vous est importune, je vais sortir. (Elle fait le mouvement de se lever.)

EDMOND. (Il s'approche vivement et la force à se rasseoir.)

(S'asseyant à son côté.) Vous êtes cruelle, Claire, et vous vous faites un jeu de mon amour. (Lui prenant la main avec passion.) N'aurez-vous donc pas la moindre pitié pour celui qui vous aime plus que sa vie.

CLAIRE, sérieuse.

Toujours vos enfantillages. Eh bien! je veux bien croire que vous m'aimez, mais où voulez-vous en venir?

EDMOND (avec feu).

Où je veux en venir, Claire? mais à ce que vous m'aimiez comme je vous aime, à vous faire partager les désirs brûlants que vous avez fait naître. Parlez, demandez-moi ma vie, et je vous la donnerai pour une seule parole d'amour! Soyez à moi, Claire, et ma félicité atteindra son comble; mes jours se passeront à prévenir vos moindres désirs, et jamais esclave n'aura subi d'aussi doux liens.

CLAIRE.

Au lieu de prendre tant de détours et d'employer d'aussi jolies phrases, vous devriez arriver droit au but. Je ne suis pas habituée à tant de ménagements, car, sans être bien expérimentée, j'ai compris ce que vous vouliez dire ; toute votre déclaration sentimentale ne signifie-t-elle pas clairement : « Voulez-vous être ma maîtresse ? »

EDMOND , balbutiant.

Non, Claire ; je n'ai pas voulu vous offenser ; je vous demandais seulement amour pour amour, cœur pour cœur.

CLAIRE (avec ironie).

Oui, amour pour amour ; puis, un jour, fatigué de celle qui sût vous plaire, sans remords pour ce qu'elle deviendrait, vous l'abandonneriez, parce qu'elle n'aurait plus rien à vous donner ; et quand la pauvre fille, dédaignée dans son amour, trompée dans ses espérances, voudrait vous faire souvenir, vous la repousseriez sans pitié.

EDMOND, se mettant à ses genoux.

Claire, je vous aime, et mon amour pour vous ne s'éteindra qu'avec moi. Vous doutez de moi, quand je mets à vos pieds mon amour, ma fortune et ma vie !

CLAIRE.

Oui, votre amour, votre fortune, votre vie, mais pas votre nom.

EDMOND (avec tristesse).

Mon nom,... il ne m'appartient pas ; les préjugés absurdes de la caste où je suis né m'éloignent de vous, mais mon amour a franchi la distance qui nous séparait. Claire, je vous jure que je n'aurai jamais d'autre femme que vous, mais je dois attendre en-

core, car mon père en mourrait. Les liens qui m'u-
nissent à Eva sont sacrés pour lui ; les rompre, ce
serait le tuer !...

CLAIRE (froidement).

Et qui vous demande un tel sacrifice ? Qui vous
demande de rompre votre union avec Eva ? A coup
sûr ce n'est pas moi qui l'ai désiré ; j'aurais peut-
être été votre femme, mais je ne serai jamais votre
maîtresse, non parce qu'un sot point d'honneur ou
de pudeur m'en empêche, mais parce que je ne vous
aime pas.

EDMOND.

(Après une pause.) Claire, vous ne m'aimez pas. Oh!
j'aurais dû vous croire ; vous ne m'aimez pas , et
vous m'avez laissé espérer votre amour, mais il est
trop tard pour en revenir, car je ne puis plus vivre
sans vous. Vous serez ma femme ; je renonce à tout,
je brave la malédiction de mon père, je méprise son
courroux !...

SCÈNE 7me.

M. DE LANCY, EDMOND et CLAIRE.

(M. de Lancy entre à pas lents, sans qu'Edmond ni Claire
se soient aperçus de sa présence. — Il se place immobile
devant Edmond, qui recule avec terreur.)

M. DE LANCY.

Oh! tremble, insensé, tremble devant ma colère;
tu as renié des serments sacrés, faits sur le lit d'un
mourant ; tu as méprisé et sali par des paroles ou-
trageantes les cheveux blancs de ton père ; tu as

brisé le cœur de ta douce fiancée; tu es devenu l'op-
probre de notre famille, et tout cela pour cette créature (Il montre Claire, qui effeuille indifféremment une fleur),
pour cette jeune fille vindicative et méchante, pour
qui j'avais le cœur d'un père; tu as abandonné Eva,
l'ange consolant de ma vieillesse, pour ce démon, qui
a maintenant soulevé le voile qui masquait sa per-
fidie!...

EDMOND, tombant aux genoux de son père.

Mon père, accablez-moi de votre mépris, mais
épargnez-la, car je l'aime !

M. DE LANCY. (Il le repousse avec fureur.)

Tu l'aimes, malheureux! et tu oses me le dire en
face. Je ne sais qui me retient de te tuer (Se tournant
vers Claire.) et elle, aussi !

CLAIRE (Elle se lève avec un sourire ironique.)

Je n'ai pas peur, moi; et je ne tremble pas devant
vous, vieillard insensé. Si j'étais riche et noble, vous
m'auriez tendu les bras et vous m'auriez nommée
votre fille.

M. DE LANCY (avec mépris).

Ma fille... toi!... Oh! jamais. Va-t'en, malheu-
reuse!... va-t'en.

CLAIRE (de même).

Vous me chassez, et votre fils en mourra; et il
n'aimera jamais celle que vous voulez lui donner
pour femme. Vous ne savez pas ce que j'étais pour
lui, et la place immense que je tenais dans sa vie.
(Elle sort.)

EDMOND. (Il veut courir après elle.)

Claire!... Claire.

M. DE LANCY, l'arrêtant.

Arrête, malheureux! ne suis pas une créature aussi vile!

EDMOND (vivement).

Mon père, elle n'est pas coupable, et vous l'avez chassée, mais je la suivrai, vous ne m'en empêcherez pas.

M. DE LANCY (froidement).

Suis-la, puisque tu es fou. Va consommer ton crime; car dans un même jour tu es devenu le bourreau de ton père et de ta fiancée.

BAPTISTE, entr'ouvrant la porte.

Monsieur?

M. DE LANCY.

Eh bien! pourquoi vient-tu me déranger?

BAPTISTE.

Dam! c'était une lettre que je venions vous porter. (On entend le roulement d'une voiture.)

M. DE LANCY.

Quelle est cette voiture qui sort du château?

BAPTISTE.

C'est mam'selle Claire qui va à Nantes, et dans une bien belle voiture qui est venue pour la chercher. Avant de partir, elle m'a donné cette lettre pour monsieur Edmond.

EDMOND, qui s'est approché de la croisée.

Partie, elle est partie! mon Dieu! mon Dieu! va s'asseoir sur une chaise près de la table et cache sa tête dans ses mains. — Baptiste, après avoir remis la lettre à M. de Lancy, sort par la droite.)

M. DE LANCY (sévèrement).

Edmond, lisez cette lettre.

EDMOND (comme au sortir d'un rêve).

Cette lettre, pour moi !

M. DE LANCY.

Elle est de Claire.

EDMOND, se levant (vivement).

Donnez, mon père, donnez ! (Il décachète la lettre. — Lisant) « Monsieur Edmond, quand vous lirez » cette lettre je serai déjà loin, et en partant je veux » bien oublier toutes les humiliations qui m'ont » abreuvée tout le temps que j'ai passé dans votre » château, et vous souhaiter beaucoup de bonheur. » Rendez à Eva l'amour que vous m'aviez donné et » dont je n'ai pas voulu. La campagne était dénuée » d'attraits pour moi ; je frissonne en pensant que » j'aurais pu céder à vos désirs et consentir à vous » épouser. Quelle vie monotone et ennuyeuse j'allais » passer près de vous ! Toujours en tête-à-tête, je » serais morte d'ennui. Je pars avec un riche lord » qui m'emmène avec lui à Londres, où j'espère, » grâces à ma beauté, faire plus d'une conquête. J'ai » bien fait la vôtre ; vous voyez que cela ne me sera » pas difficile. Si vous n'aviez pas été aussi orgueil- » leux de votre personne, vous auriez reconnu, dès » le premier moment que vous m'avez aimé, que je » me moquais parfaitement de vous. Au plaisir de » vous revoir. CLAIRE. » (Edmond froisse la lettre avec dépit et se laisse tomber avec accablement sur une chaise)

M. DE LANCY (avec tristesse).

Eh bien! Edmond, ai-je menti lorsque j'accusais cette femme, et mérite-t-elle le plus petit souvenir?

EDMOND, se levant.

Mon père, pitié pour moi; j'étais fou!

M. DE LANCY (avec affection, secouant la tête).

Pauvre enfant, je te pardonne ta folie; mais ce n'est pas moi que tu as offensé le plus; ce n'est pas à moi que tu dois demander pardon, mais à ta cousine, car la pauvre enfant a tout appris, et elle se désespère.

EDMOND (vivement).

Oh! je la prierai comme on prie son Dieu, et peut-être cet ange de la terre, touchée par mon repentir et mes larmes, voudra bien oublier ce que ma conduite eût de coupable.

M. DE LANCY.

Un sincère repentir fait pardonner les plus grandes fautes, et j'ose espérer que la pauvre enfant te rendra son amour. (Pendant les dernières paroles de M. de Lancy, Eva a entr'ouvert la porte.)

SCÈNE 8ᵐᵉ

LES MÊMES, EVA.

(Eva s'avance triste et préoccupée.)

EDMOND, s'avançant et lui prenant la main.

Eva, vous souffrez; vos yeux sont rouges; vous avez pleuré.

EVA, dégageant doucement sa main.

Non, mon cousin, je ne souffre pas, je n'ai pas

pleuré. Quelle supposition peut vous faire croire...

EDMOND (Il la fait asseoir sur le canapé et se met à genoux près d'elle).

Eva, vous pleurez, et chaque larme que vous versez, je voudrais pouvoir la racheter au prix de mon sang, puisque je fus assez barbare pour les faire couler.

EVA, émue et surprise.

Edmond, que dites-vous? Serait-il possible que vous m'aimeriez encore?... Mais non, je m'abuse; ce n'est que de la pitié, ce n'est plus de l'amour!.....

(M. de Lancy sort sans qu'ils s'en aperçoivent.)

EDMOND (avec passion).

Ce n'est pas de la pitié, Eva, c'est de l'amour. Je n'ai jamais cessé de vous aimer. Que cette femme, qui ne mérite que mon mépris, soit maudite! Je ne pouvais l'aimer, c'était mon mauvais génie; de la femme elle n'avait que le nom. Je reconnais que l'amour que je croyais avoir pour elle n'était qu'une hallucination de mon cerveau troublé. Eva, pardon! et si je ne puis espérer votre amour, ne me méprisez plus; rendez-moi votre amitié de sœur.

EVA, émue.

Je vous pardonne, Edmond.... et je vous aime!

EDMOND.

Ma vie ne sera pas assez longue pour vous bénir.

EVA (de même).

Oh! Edmond! Si vous saviez ce que j'ai souffert quand j'ai su que vous ne m'aimiez plus et que vous en aimiez un autre!

EDMOND (avec tendresse).

Eva, que le passé ne soit plus pour nous qu'un mauvais rêve; l'avenir de bonheur que j'ai rêvé est bien près de s'accomplir. Dans un mois au plus, ma douce fiancée, rien ne pourra nous séparer.

EVA (avec joie).

Oh! mon Edmond! Que je suis heureuse de vous entendre parler ainsi, moi qui n'espérais plus qu'une tombe. Je voulais mourir depuis que vous ne m'aimiez plus.

EDMOND, ému.

Mourir, Eva! lorsque vous aviez à peine vécu. Et c'est moi, moi qui vous aime tant, qui étais assez cruel et insensé, pour avoir fait naître dans votre cœur brisé l'idée de la mort. Cher ange de ma vie, me pardonnes-tu?...

EVA, rougissant.

Edmond, mon bien-aimé fiancé, j'ai tout oublié pour t'aimer.

EDMOND (avec passion).

Merci, Eva! merci!... (Il l'embrasse)

SCÈNE 9me.

LES MÊMES, M. DE LANCY.

(M. de Lancy entre en souriant.)

M. DE LANCY (à Eva, qui se lève confuse).

Bien, chère enfant, je n'avais pas moins espéré de ton cœur.

EVA, rougissante et émue va se jeter au cou de son oncle.

Mon oncle, mon père, ah! je suis bien heureuse!

EDMOND, venant se joindre à eux.

Mon père, ah! aimez-la bien. Notre cœur, notre vie, et ce ne sera pas trop pour elle!

M. DE LANCY. (Il leur prend une main à chacun, qu'il unit dans les siennes. — Emu.)

Mes enfants, je vous bénis!

SCÈNE 10ᵐᵉ.

LES MÊMES, BAPTISTE.

BAPTISTE, annonçant.

Monsieur, le dîner est servi.

M. DE LANCY (gaiement).

C'est bien, Baptiste; nous venons.

BAPTISTE, se rapprochant.

Monsieur...

M. DE LANCY (de même).

Eh bien?

BAPTISTE, embarrassé, tortillant le coin de sa veste.

Monsieur a l'air content, et je m'étions dit que c'était le beau moment, pour... (Il fait une pause et baisse les yeux.)

M. DE LANCY, souriant.

Parle donc; est-ce que je te fais peur?

BAPTISTE, s'approchant sur le devant de la scène.

Oh! que nenni, Monsieur, ben au contraire; je voulions vous dire si...

EVA (gaiement).

Parle donc; si c'est nous qui te gênons, il faut nous le dire.

BAPTISTE, enhardi.

Oh! le contraire, notr' damoiselle, je suis content que vous soyez là. (Se tournant vers M. de Lancy.) Enfin, voilà la chose : C'est que j'étions amoureux de mam'selle Lise, et je voulions demander à Monsieur la permission pour qu'elle devienne notre petite femme.

M. DE LANCY, riant.

Ce n'est pas à moi que tu dois demander cela, c'est à elle.

BAPTISTE, d'un air fin.

C'est ben ce que j'ai fait, dam ; mais elle me renvoie toujours à vous.

M. DE LANCY (de même).

Oh ! moi je t'accorde la main de Lise avec plaisir, puisque tu es un honnête homme, qui la rendra heureuse.

BAPTISTE, joyeux.

Oh ! pour ça oui, notr' maître, qu'elle sera heureuse ! Je ferai tout ce que je voudrai... oh ! pardon, je me trompe, je voulions dire tout ce qu'elle voudra. Mais v'là la chose : elle a peur que Monsieur ne veuille pas nous garder à son service quand nous serons mariés.

M. DE LANCY.

Si, Baptiste. Vous resterez tous les deux, et désormais vous ne vous occuperez plus que de Monsieur (Montrant Edmond) et de Madame. (Il montre Eva.)

BAPTISTE (d'un air étonné).

Oui, Monsieur; de Mam'selle, de Madame, veux-je

dire, et de Monsieur. (Bêtement.) Ils vont donc se marier aussi. (Il regarde Eva et Edmond.)

SCÈNE 11ᵐᵉ.

LES MÊMES, LISE.

M. DE LANCY, apercevant Lise qui entre.

Arrive donc, Lise. Je te présente ton futur, monsieur Baptiste, et bientôt ton mari. (Se tournant vers Eva et Edmond, qui s'appuient sur le bras l'un de l'autre.) Les deux mariages se feront le même jour. A un mois la noce.

EDMOND, embrassant M. de Lancy.

Que vous êtes bon, mon père!

BAPTISTE, sautant de joie et prenant le bras de Lise.

Dieu! J'allais-t'y danser, j'allais-t'y m'en donner au moins; par vrai, Lise, que t'es contente?

LISE, riant.

Oh pour du sûr, oui; surtout de vous avoir pour mari.

BAPTISTE (avec gloire).

Je crois ben que tu pourras te flatter de m'avoir; y en a d'autres qui seraient aussi contentes.

EDMOND au Public.

« Messieurs, ce soir, ayez de l'indulgence
Pour une pièce sans valeur.
Du seul bravo qu'attend mon espérance,
Pour commencer, aurais-je du malheur? »

Lodoïse GILLIS.

Imp. Quillot, à Agen.

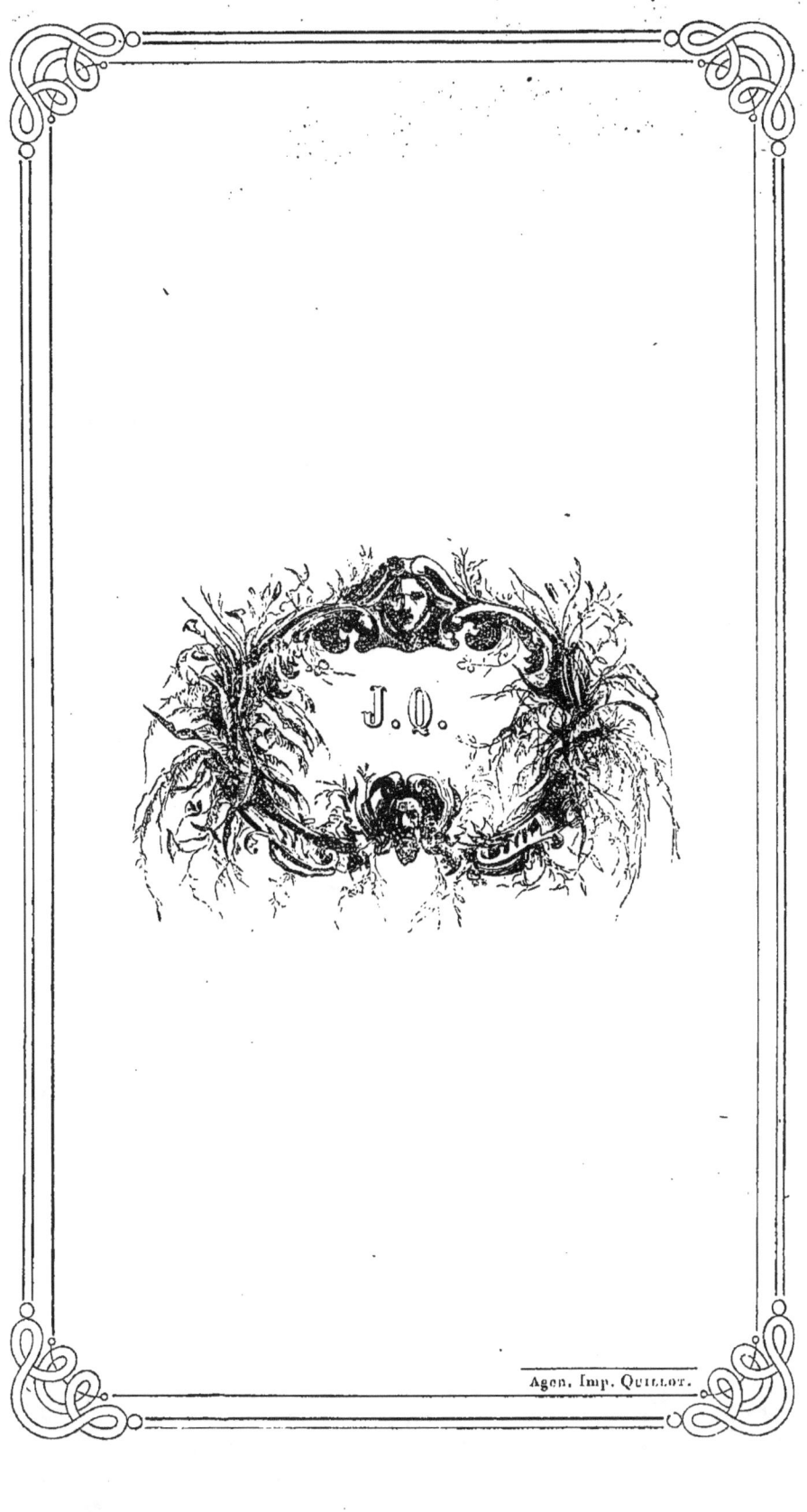

J. Q.

Agen, Imp. QUILLOT.

www.ingramcontent.com/pod-product-compliance
Lightning Source LLC
Chambersburg PA
CBHW061613180626
46818CB00005B/2050